Collection

Henry Bernstein

COLLECTION

Henry Bernstein

PAR

BESNARD, BONNARD, CÉZANNE, FANTIN-LATOUR, HENRI-MATISSE, MARQUET, MONET, REDON, RENOIR, ROUSSEL, SIGNAC, SISLEY, van DONGEN, van GOGH, VUILLARD

appartenant à

& dont la vente aux enchères publiques aura lieu à Paris
HOTEL DROUOT, SALLES N°s 7 et 8
LE JEUDI 8 JUIN 1911, A 2 HEURES 1/2

COMMISSAIRE-PRISEUR
6, rue Favart

EXPERTS [illegible]
25, b^d de la Madeleine; 15, rue Richepance; 36, av. de l'Opéra

EXPOSITION PUBLIQUE LE MERCREDI 7 JUIN 1911
de 1 h. 1/2 à 6 h. *(Entrée par la rue Grange-Batelière.)*

CONDITIONS DE LA VENTE

Elle sera faite au comptant.

Les acquéreurs paieront dix pour cent en sus des enchères.

BESNARD

Deux jeunes filles au jardin.

CATALOGUE

BESNARD

1. — Deux jeunes filles au jardin.

Elles sont charmantes ainsi, en pleine lumière, sur le fond
compact des verdures où, en haut et à droite, s'éclaircit au
réseau des branches une trouée sur le ciel très bleu

L'une et l'autre sont en élégante toilette vert pâle, tout à
fait « jeune fille », avec le décolleté cependant assez révéla-
teur de jolies chairs blondes, avec aussi le double lien de soie
blanche qui soutient le buste, et enfin avec la retombée gra-
cieuse de leurs jupes à larges plis.

L'une ajuste sur son épaule, de sa main droite, un voile
de gaze ample, tandis que la main gauche rapproche de
la ceinture un fragile éventail. L'autre, dont les bras sont
également nus, s'appuye sur sa grande sœur d'un geste familier
et détache une fleur d'une touffe de rhododendrons.

Près de quelques feuilles lancéolées et souples, la signature

Signé à droite en bas : A. Besnard.

Toile. — Haut.. 62 cent.: larg. 45 cent.

(Voir la reproduction.)

BONNARD

2. — Nu à contre-jour.

Toile en hauteur où l'on voit nue, dans son cabinet de toilette, et éclairée à contre-lumière, une femme mince, de peau mate, debout, sertie par des glacis qui viennent de gauche et éveillent sur sa chair des clartés éparses.

De sa main gauche, elle soutient sur sa hanche droite une serviette, tandis que la main droite, repliée sur la tête, soutient l'édifice des cheveux. Un tapis au dessin sinueux et riche ; à demi dissimulés par le corps, un porte-serviette, plus loin la toilette et la glace penchée au mur, derrière laquelle s'enlève un papier à fleurs mauves.

A gauche, une trouée claire, presque dans toute la hauteur.

Signé à gauche en bas : Bonnard.

Toile. — Haut., **1 m. 24**; larg., **54 cent.**

(Voir la reproduction.)

BONNARD

Phot. Bernheim-Jeune   Nu à contre-jour.

BONNARD

3. — La femme à la rose.

Dans un appartement aux murs clairs, sur lesquels on ne voit, au fond, qu'un tableau à figures dans les bois, un canapé jaune avec un grand coussin rose, et, à droite, une glace au cadre d'or avec un carton d'où sort une bande de papier bleu, une jeune femme s'est assise sur un fauteuil d'osier canné et semble attendre quelqu'un. Les pieds sur un tapis aux couleurs vives, elle est vêtue d'une robe bleue et coiffée d'un chapeau de même ton. Son boa a glissé sur son avant-bras et ceinture la taille. Une rose énorme est piquée à son revers. Le personnage regarde vers la gauche, d'où vient la lumière.

Signé à droite en bas : Bonnard.

Toile.   Haut. 62 cent.; larg. 48 cent.

BONNARD

4. — Premier printemps. Les petits faunes.

À l'aube d'un jour de printemps, les deux petits faunes se sont rencontrés sur la pente d'un jardin qui dévale, de pelouses en carrés de terre meuble, jusqu'à une route passant de droite à gauche, au second plan du tableau, devant l'enceinte d'une propriété.

Assis à gauche sur un fond de ramures, ils jouent. Au-dessus d'eux, les branches, sans feuilles encore, retombent sur le ciel, gris à l'horizon, tandis que le soleil éclaire le coin de verger où ils se trouvent.

Un autre chemin, passant derrière la maison, au pied d'un coteau, sinue à gauche dans la campagne.

Signé à droite sur un tronc d'arbre : Bonnard.

Toile. — Haut. 1 m. 03, larg. 1 m. 26

BONNARD

5. — Les fleurs du potager.

Multicolores, elles se massent en deux groupes principaux, au premier pan, sur l'herbe. Plus loin, ce sont de petits arbres à gauche, avec une ligne de coteaux déclinants que masque, vers le milieu du tableau, la grande maison rouge à toit pointu.

Signé à droite en bas : Bonnard.

Toile. — Haut. 53 cent.; larg. 60 cent.

CÉZANNE
(1839-1906)

6. — La maison de Cézanne.

Elle est construite à deux étages et en plusieurs corps de logis, au fond d'un enclos tapissé de gazon et où l'on voit de beaux arbres, deux groupés à peu près dans l'axe de la toile, et cachant un peu la demeure de l'artiste, trois autres, à gauche, au pied desquels tourne un petit sentier sablonneux.

Un mur limite la propriété à droite. Par-dessus son chaperonnage, on distingue un arrière-plan de verdures et un riche ciel méridional, d'un bleu lapidaire et pourtant léger. Une nappe de lumière avive le plan des gazons à droite et éclaire le paysage jusqu'au sentier par delà lequel commence à s'élargir l'ombre que projettent sur le sol les épais feuillages de gauche.

Toile. Haut., 65 cent.; larg., 81 cent.

(Voir la reproduction.)

Exposition Cézanne, 10-22 janvier 1910.

CÉZANNE

La maison de Cézanne.

CÉZANNE

Les marronniers de Jas de Bouffan.

CÉZANNE

7. — Les marronniers du Jas de Bouffan.

C'est au pays de Provence, par un matin clair. Une échappée sur la campagne blondit au soleil, avec ses menus sentiers à peine indiqués, transversalement, dans les lotissements de propriétés, avec le mouchetis de petits bouquets d'arbres semés çà et là autour des *mas* construits sur le relévement du coteau à l'horizon et dont l'un, à droite, demeure plus importante, se dissimule à demi derrière le second arbre du premier plan.

Ce premier plan représente la promenade des marronniers, au Jas de Bouffan. Régulièrement alignés sur trois rangs, les grands et beaux arbres dressent leurs troncs lisses au-devant du décor calme de la campagne et leurs épais feuillages élargissent une ombre accueillante sur l'herbe et jusqu'au muret qui ferme le second plan, dans toute la largeur de la composition.

Signé à droite en bas : P. Cézanne.

Toile. — Haut.. 65 cent.; larg.. 81 cent.

(Voir la reproduction.)

CÉZANNE

8. — Le paysan.

Assis sur un banc jaune qui, derrière lui, forme dossier à la manière d'une boiserie et paraît appliqué contre une muraille nue, recouverte d'un enduit d'une matière lumineuse et un peu maculée par le temps, le paysan se présente de face, la tête légèrement tournée vers le côté gauche du tableau, côté d'où vient la lumière. Ses traits sont fortement charpentés, pétris en force, hâlés et cuivrés par le grand air, envahis par une rude moustache et un collier de barbe très drue et déjà presque blanche. Il est coiffé d'une casquette à visière et porte autour du cou, sous son ample carrick à pèlerine, un gros foulard clair, derrière lequel on devine un gilet rouge.

La main droite a écarté le lourd pan du manteau pour se plaquer sur la cuisse.

Œuvre largement bâtie, avec une volonté d'expression qui prouve que Cézanne fut assurément très frappé par le caractère de ce type paysan, dont il mit tout son soin à retracer en vérité l'aspect fruste et bien particulier.

Toile. — Haut.. 1 mètre; larg.. 81 cent.

(Voir la reproduction.)

Le paysan.

CÉZANNE

Maison en Provence.

CÉZANNE

9. — Maison en Provence.

Elle a été construite dans une plaine, au pied d'une double falaise de montagnes nues et nerveusement architecturées de rocs, dont le bord découpé en plateau horizontal, s'élève à l'arrière-plan, dans le ciel limpide.

La maison profile à gauche sa silhouette simple, — son pignon ombré, son toit à pente douce couvert de riantes tuiles, sa façade percée de quelques baies étroites, — sur les masses sombres de divers arbres dont le dernier, vers le bord du tableau, rappelle les lignes sévères du cyprès.

Un chemin passe devant l'habitation paysanne et monte un peu de gauche à droite, longeant des pièces de terre où poussent, entre des déchirures ocreuses, de larges plans herbeux, et où se dressent, encore, les squelettes d'arbres fruitiers. A mi-plan, au pied de la montagne, une bande de petits bois.

Toile.   Haut., 65 cent.; larg., 81 cent.

(Voir la reproduction.)

FANTIN-LATOUR
(1836-1904)

10. — Etude de nu.

Recevant sa lumière de gauche, une femme nue jusqu'au-dessous de la taille est assise sur un fauteuil dont le dossier est entièrement dissimulé sous une étoffe blanche. Elle est tournée vers la droite, le coude gauche appuyé sur le bras du siège, la main droite et le bras allongés sur le genou qui, comme toute la partie inférieure du corps, est dissimulé sous un tissu noir bleuté.

Le dos est entièrement éclairé, tandis que la tête est rejetée dans une contre-ombre qui s'apparente finement avec le ton de fond.

Signé à gauche en haut : Fantin.

Toile. **Haut., 27 cent.; larg., 25 cent.**

HENRI-MATISSE

11. — La jetée de Collioure. (Printemps 1907.)

Le paysage, ample et rayonnant de lumière, se compose entre les lignes, décoratives et heureusement cambrées, de deux arbres dont l'un est à peine indiqué à droite et dont l'autre masse en haut à gauche les croupes pleines de ses clairs feuillages.

Un premier plan d'herbes et de fleurs descend vers une maison près de laquelle aboutit de gauche un large chemin. Le sol se relève à droite vers une dune sablonneuse à forte pente, éclairée d'un jour vif. Un second plan de verdures sur lequel s'érigent les têtes sombres de trois cyprès se prolonge par un horizon où, derrière les toitures de Collioure, on voit s'élargir, comme une coupe de lapis-lazuli, la mer sur qui se couche la jetée mince et où palpitent trois voiles.

Signé à droite en bas : Henri-Matisse.

Toile. — Haut., 54 cent.; larg., 65 cent.

MARQUET

12. — Port de Naples.

C'est le matin. Tout le fond est baigné dans la clarté subtile et bleue nacrée d'un ciel où navigue seulement, à droite, un petit nuage qui vient de dépasser les cimes molles de deux montagnes. A l'arrière-plan des eaux qui clapotent doucement, une berge plate avec les silhouettes très accusées de grues, chargeurs et bateaux à voile. A droite, une voile creuse déployée dans le vent, une barque, et tout à fait au premier plan, vers la gauche, une autre barque recouverte d'un abri blanc et allongé, sous lequel rament deux hommes debout.

Signé à droite en bas : Marquet

Toile. Haut. **62** cent.; larg. **80** cent

MARQUET

13. — Le remorqueur.

Sur les eaux gris rose, il traîne, au milieu du tableau, son corps noir et fuselé, rayé de rouge éclatant. A gauche, au deuxième plan, un autre remorqueur noir et un chaland du même ton. Au fond, de droite à gauche, la perspective d'une ville, avec hangars, haute cheminée, ligne de maisons à redents roses, deux clochers, un pont tournant, un quai, et une habitation orange à deux tourelles d'angle et pignon.

Signé à droite en bas : Marquet.

Toile. — Haut. **66** cent.; larg. **80** cent.

MONET

14. — Les nymphéas.

Cette œuvre appartient à la magnifique série de 1905 sur le thème des nymphéas.

La pièce d'eau, cette fois, a été vue par le maître en une heure très douce et très claire, où le bleu léger de l'atmosphère se rappelle dans les eaux calmes par des accents d'une limpidité presque aérienne. Dans les parties où ne se doublent pas les massifs d'arbres que l'artiste a laissés en dehors de sa composition, l'eau prend une tonalité rose chair très pâle où se marie, avec une délicatesse extrême, le bleu si tendre des reflets immédiatement voisins.

Par flottilles légères, les larges feuilles de nymphéas reposent sur le bassin que rien ne trouble, piquées de-ci de-là, de fleurs épanouies, aux colorations blanches et mauves, ou amaranthe claire, ou safran. Dans le recul des perspectives, ces fleurs se massent, sur leurs radeaux verts, plus abondantes et plus riches d'accents.

Signé à droite en bas : Claude Monet. 1905.

Toile. — Haut., 90 cent.; larg., 1 mètre.

(Voir la reproduction.)

MONET

Les nymphéas.

REDON

15. — Le char d'Apollon.

Dans un tourbillon de feu, Apollon qui conduit le soleil a travers les espaces, a rencontré le monstre des ténèbres, tortueux, énorme, et il a engagé la lutte contre lui. Terrifiés, ses quatre coursiers, trois blancs et l'autre bai, se cabrent à la vue de l'adversaire redoutable. Mais le jeune dieu, sur son char, auréolé de lumière, et laissant derrière lui un sillon d'or et de pourpre, a bandé son arc et, par deux fois, atteint de ses flèches le serpent qui, déjà vaincu, se tord en une triple convulsion et retombe dans les abimes.

Signé à gauche en bas : Odilon Redon.

Toile. — Haut., 65 cent.: larg. 81 cent.

RENOIR

16. — Tête d'enfant.

Etude charmante d'une tête d'enfant endormi. La tête occupe le milieu de la toile et est tournée vers la gauche, vue de côté, en sorte qu'apparait un peu plus de trois quarts le visage poupin, aux yeux clos, aux cheveux bouclés dans le cou, et élargis en frange courte sur le front rejeté dans une légère pénombre. L'enfant est vêtu d'une chemisette orange.

Signé à droite en haut : Renoir.

Toile. — Haut., 24 cent. 1 2: larg. 31 cent.

RENOIR

17. — Baigneuse couchée.

Indolemment étendue sur un drap qu'elle a étalé dans l'herbe, au pied d'un buisson verdoyant dont les feuillages épais retombent sur sa splendide nudité, et vont s'amincissant vers les arrière-plans, en lisière d'un champ où l'on distingue un grand arbre élancé, aux feuilles rares, et trois autres buissons échelonnés dans la distance.

Elle a ramené ses deux mains derrière sa nuque alourdie d'une abondante chevelure rousse et, offerte à la caresse d'une blonde lumière, la baigneuse dessine sur le fond, qui la fait valoir, la ligne sculpturale d'un corps où s'indique la puissante gorge, la taille élégante et d'un ferme dessin, la croupe et le contour souple des cuisses admirablement modelées. La tête occupe la gauche de la composition.

Signé à droite en bas : Renoir

Toile. — Haut., 54 cent.; larg., 65 cent.

(Voir la reproduction.)

RENOIR

Baigneuse couchée.

RENOIR

Torse de femme.

RENOIR

18. — Torse de femme.

Nue et vue jusqu'à la hauteur de la ceinture autour de laquelle, d'un geste chaste, elle rapproche les plis de sa chemise blanche aux ombres légèrement bleutées.

Elle regarde vers la gauche, montrant, nettement profilé sur l'arrière-plan des verdures, son visage aux lignes pleines, au modelé généreux, sa bouche sensuelle et ses yeux bleus qui sourient, un peu narquois. Dans les cheveux tirés en arrière et noués en chignon sur la nuque où retombent des mèches libres, une rose est piquée.

Les seins, les beaux bras pleins sont baignés d'une chaude lumière qui fait mieux apprécier encore leur plantureuse carnation.

Signé à gauche en bas : Renoir.

Toile. — Haut., 65 cent.; larg., 54 cent.

(Voir la reproduction.)

RENOIR

19. — Les deux jeunes filles.

Elles sont vues, côte à côte, presque de face, l'une tournée vers l'autre, toutes deux blondes. Celle de droite, plus directement éclairée, baisse les yeux tandis que l'autre, dans une sorte de contre-ombre, porte devant elle son frais regard de sombre pervenche. Toutes deux sont représentées jusque un peu plus bas que la gorge qui apparait dans l'échancrure de deux tuniques verte et vert bleu. Un rideau s'écarte au-dessus de la tête de gauche et laisse voir un fond outremer à droite.

Signé à droite en haut : Renoir.

Sur une plaque de ciment.

Haut., 47 cent.; larg., 56 cent.

(*Voir la reproduction.*)

Les deux jeunes filles

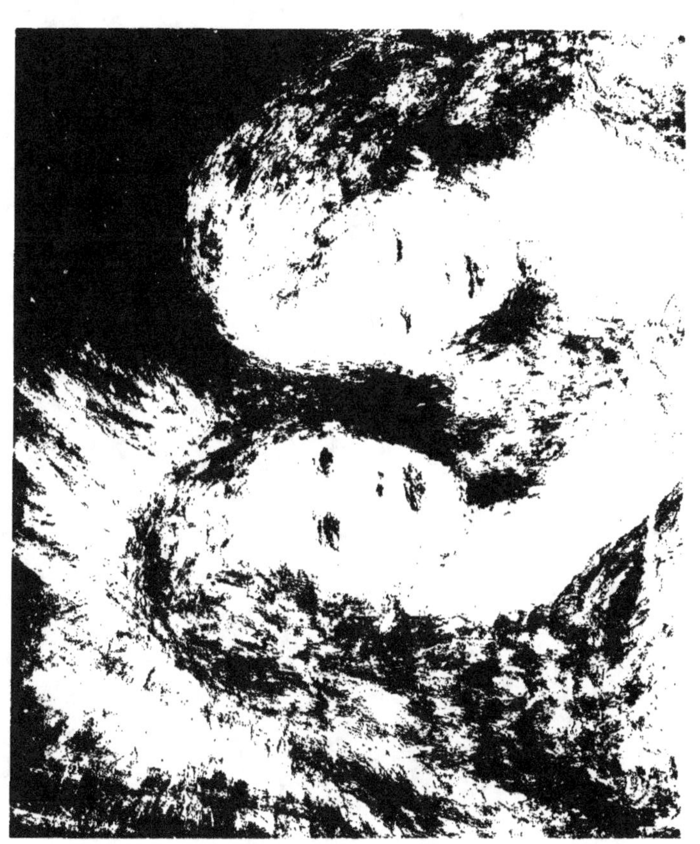

RENOIR

Femme lisant

Femme au théâtre.

RENOIR

20. — Femme lisant.

Elle est assise de côté, regardant vers la droite, sur un canapé brun clair où apparaît, derrière elle, l'accent séparouge d'un coussin où s'accoude son bras gauche, nu. En tenue du matin, l'épaule, le sein droit et l'avant-bras découverts, elle a tortillé son chignon sur sa nuque et est éclairée de dos. La chemise retombe sur le corset rose. Le bras droit qui soutient le journal replié qu'elle lit, s'appuie sur les plis clairs du jupon. Derrière le canapé, un fond ramagé de minces feuillages, de fleurs bistres et pommelées.

Signé à gauche en bas : Renoir.

Toile. — Haut., 42 cent ; larg., 34 cent.

(Voir la reproduction.)

RENOIR

21. — Femme au théâtre.

En costume de soirée, portant une robe ponceau décolletée, avec plis biais dans le dos, et ruban de mousseline largement noué sur l'épaule gauche, gantée de hauts Suède blanc crème, et laissant se ployer sur son siège, à droite, un flot de gaze pailletée, le coude droit appuyé sur le bord du fauteuil, elle regarde vers la scène que l'on ne voit pas, et tient la tête penchée, attentive, sous le casque de cheveux châtains.

A gauche, le bord de la loge, sinueux, en velours rouge. Au fond, un arrière-plan neutre.

Signé à droite en haut : Renoir.

Toile. — Haut., 34 cent ; larg., 30 cent.

(Voir la reproduction.)

RENOIR

22. — Les baigneuses.

En valeur sur un clair et riant paysage de campagnes légèrement vallonnées à l'horizon, sous un ciel bleu et blanc rose, près d'une rivière dont on aperçoit le méandre dessiné en azur vif, à gauche, au pied d'une ligne de bosquets, deux femmes au voisinage d'un taillis plus épais dont les masses vertes se profilent jusqu'en haut du tableau à droite, viennent de prendre leur bain.

L'une, dont le chapeau de paille orné d'un ruban vermillon est posé sur l'herbe, s'est étendue, sans voiles, sur un drap où son superbe corps nacré écrit ses lignes fermes et savoureuses. La tête appuyée sur sa main droite, elle regarde vers sa compagne qui, assise à gauche, le torse nu, les cheveux couleur de blé mûr dénoués sur les épaules et la poitrine, refait l'une de ses nattes. Au-dessus de la figure nue, la jolie tache des vêtements bleu cendré, roses et blancs.

Signé à gauche en bas : Renoir.

Toile. — **Haut.**, 33 cent.; **larg.**, 41 cent.

(Voir la reproduction.)

Les baigneuses.

RENOIR

Marchande de fruits.

RENOIR

23. --- Marchande de fruits.

Elle est vue jusque un peu au-dessous de la taille, assise sur une chaise dont on ne distingue que le haut du dossier, à gauche. Elle soutient sur ses genoux, à droite, un panier d'osier où s'entassent de beaux fruits, la main gauche et l'avant bras dissimulés par l'anse, le bras droit, également nu, reposant sur le tableau dont on voit le nœud bleu au bas du corsage de pilou rouge, moucheté de blanc, empiécé en rond autour d'une gorge grasse et brunie.

La tête est expressive de santé et de jeunesse. La sensualité savoureuse chère à Renoir se peint sur les lèvres charnues et empourprées d'un sang généreux qui colore les joues pleines et jusqu'au lobe de l'oreille visible sous les cheveux châtains, abondants et plaqués.

Le regard turquoise est dirigé vers le spectateur. Fond neutre dans une tonalité lilas.

Signé à droite en haut : Renoir.

Toile. --- Haut. 65 cent ; larg. 54 cent.

(Voir la reproduction.)

K.-X. ROUSSEL

24. — Plein air.

Toutes les qualités de lumière vibrante, de plein soleil heureusement transposé par des moyens simples et francs, tout le charme que K.-X. Roussel sait apporter à la notation de ces ombres qui sont encore de la clarté, réapparaissent en cette composition conçue en le style quasi virgilien où se complaît l'artiste.

Sur une sorte de lande coupée à gauche et à l'arrière-plan droit par de petits bosquets aux feuillages sombres que retrousse le vent, deux personnages légendaires. Tous deux sont nus. L'un, à gauche, vu de dos, est couché sur une tunique pourpre et s'appuyant sur le sable avec sa paume droite, tend la main gauche vers sa compagne, vue de face, dont l'écharpe s'envole, qui élève un thyrse de sa main gauche et qui tend sa droite vers le personnage étendu. Derrière la ligne des bosquets, s'étend un libre ciel lacté. Au premier plan, quelques feuillages bas et une partie dans l'ombre.

Signé à droite en bas : K.-X. Roussel.

Toile. — **Haut. 81 cent.: larg., 65 cent.**

(Voir la reproduction.)

ROUSSEL

SIGNAC

25. — Six aquarelles d'Antibes.

Dans la palette la plus radieuse et la plus colorée de l'artiste, faites de bleus paon, de verts cœruléens, de roses tendres, et de mauves dilués, six vues d'Antibes à la meilleure manière de Signac.

Un parc sous deux aspects, le château d'Antibes vu de près dans deux lumières distinctes, une vue plus générale, et une entrée du port avec, à gauche, un grand voilier

Signé à droite ou à gauche, scion l'aquarelle : Antibes. P. Signac. 1910, et l'une 1907.

Aquarelles. — Haut. 32 cent. larg. 44 cent

SISLEY
(1839-1899)

26. — Promenade des marronniers.

Au bord d'un fleuve qui, passant près d'une rive plate et verdoyante où sont élevées des villas dans des jardins, s'en va, à droite, tourner, semble-t-il, au pied d'une ligne bleue de coteaux, c'est la promenade des marronniers, qui sont à la saison des fleurs et qui, dans leur jeune feuillage, érigent leurs grappes roses.

A droite, un remorqueur qui fume abondamment, emmène un chaland. Près de la barrière de bois qui longe le fleuve, à peu près au milieu du tableau, deux hommes dialoguent dont l'un est en blouse bleue. A droite, un autre homme, coiffé d'une toque rouge, pousse une charrette à bras, et va passer près d'une fillette. Au premier plan, à droite, un triangle d'herbes.

Signé à droite en bas : Sisley. 78.

Toile. — Haut., 50 cent.; larg., 61 cent.

Voir la reproduction.

SISLEY

Promenade des marronniers.

VAN DONGEN

27. — Œillets.

Brillante et très remarquable étude de fleurs où l'artiste s'est exercé à mettre en valeur ses dons de coloriste franc, sur le thème d'un groupement d'œillets vermillons, carminés et blancs, piqués parmi des feuillages gladiolés, dans un somptueux vase d'émail bleu de roi.

La composition s'enlève sur un fond sombre qui se rattache vers les bords à un arrière-plan rouge brique. Le vase repose sur un riche tapis bleu.

Signé à gauche en bas : Van Dongen.

Toile. Haut. 65 cent. larg. 54 cent.

VAN DONGEN

28. — L'oiseau vert.

Est-ce la femme qu'on appelle l'oiseau vert, dans les bars, à cause de son caractère de bête de proie, ou plutôt, n'est-ce point parce que, sur son énorme chapeau noir, elle a arrêté dans son vol un extraordinaire oiseau au plumage émeraude pur, au bec crochu, à l'œil d'or ?

Quoi qu'il en soit, nue et théâtrale, présentant les pointes de ses seins impudiques, le haut de l'arrière-bras cerclé d'un mince filet noir, portant en écharpe un voile mauve foncé qu'elle retient sur sa gorge par une escarboucle de rubis, la femme, fardée, aux lèvres de sang, aux yeux de kohl, aux narines sensuelles, semble, sur le fond rouge, se glorifier insolemment de son beau chapeau à l'oiseau vert.

Signé en bas à gauche : Van Dongen.

Toile. — Haut. 1 mètre. larg. 80 cent.

VAN GOGH
(1853-1890)

29.   Églogue en Provence.

C'est une note ramenée à elle-même, surprise au passage, sans autres accessoires qu'un premier plan d'herbes à gauche, un chemin terreux et une échappée sur la mer glauque et calme.

Marchant de droite à gauche et vu de dos, le gars et sa payse s'en vont. Elle a mis son bras nu sur l'épaule du compagnon de route qui est vêtu d'un veston gros bleu et d'une large culotte verdâtre. Elle même, en cheveux rouges, porte de biais, sur un corsage pourpre comme sa jupe plissée, un châle uni, d'un ton vermillon pur.

Toile.   Haut. 32 cent. 1 2 : larg., 23 cent.

VUILLARD

30. — La table.

C'est la fin du déjeuner. L'artiste a cherché à fixer un effet curieux par les moyens de la détrempe : la table éclairée en jour frisant, par une fenêtre ouverte sur la campagne à droite, les notes délicates de la cristallerie, des fleurs, des fruits dans l'assiette, et aussi le groupement surpris de six personnages dont trois nettement indiqués de l'autre côte de la table, deux autres esquisses, — de profil, sur le bord gauche du tableau, et au fond près d'une porte — un dernier enfin, silhouetté au premier plan à droite et dont les traits s'encadrent en contre-jour, sur le lointain et le ciel lumineux.

Cette œuvre est particulièrement intéressante en ce sens qu'elle fournit un enseignement très analytique sur les techniques délicates et sensibles de l'artiste.

Signé à droite en bas : E. Vuillard.

Détrempe. — Haut. 50 cent.: larg. 60 cent.

VUILLARD

La robe noire et la robe verte

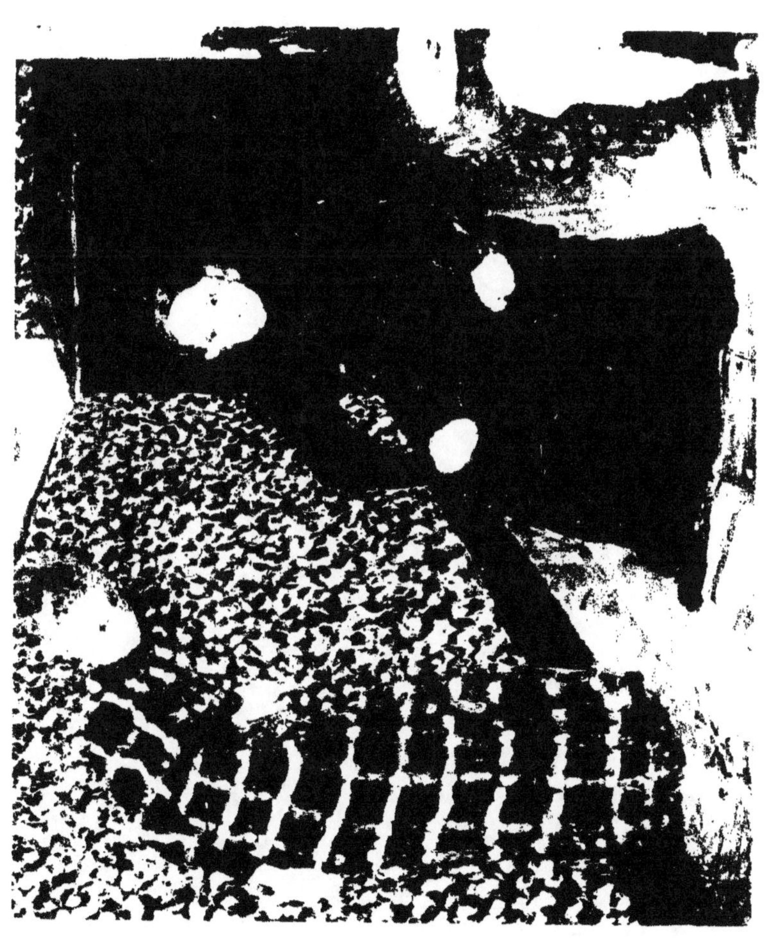

VUILLARD

31. — La robe noire et la robe verte.

C'est, dans un intérieur simple, près de la table où, à droite, restent encore, sur la toile cirée, une serviette dépliée, une assiette à motif fleuri et une bouteille à demi-vide.

La mère, vêtue de deuil, s'est retournée sur sa chaise pour se présenter de face à l'artiste qui l'a peinte, les mains sur les genoux, les bras un peu écartés, et — bonne figure de brave vieille qui a dû souffrir de la vie — regardant songeuse devant elle.

Plus insouciante, la grande fille blonde et pâlote, avec sa robe d'intérieur verte à grands carreaux rayés jaune et rouge sombre, s'est appuyée au mur et les deux mains plaquées au papier qui imite le marbre le plus moucheté, s'incline de tout l'avant-corps.

Au fond, un grand secrétaire en acajou, avec son pupitre en pente tendu de cuir vert dans le cadre plus vif de la menuiserie rectiligne.

Signé à droite en bas : E. Vuillard.

Toile. — Haut., 46 cent.; larg., 56 cent.

(Voir la reproduction.)

VUILLARD

32. — Pieds-d'alouette et géraniums.

Sur une table, à gauche, au premier plan, dans un vase de grès rouge-brun, un bouquet où prédominent, parmi les verdures claires ou sombres, les taches ardoisées de la fleur pied-d'alouette, avec l'accent vermillon de quelques géraniums.

Le bouquet se silhouette sur un fond de rideau jaune d'or très drapé, tombant à pli droit sur la gauche et ménageant une aperçue, à droite, sur un fond de muraille d'un ton vert cendré.

Signé à droite en bas : E. Vuillard.

Carton collé sur panneau. — Haut., 48 cent., larg., 61 cent.

VUILLARD

33. — Devant la porte.

Le motif de la baie et son raccord avec la planche forment cadre à la scène qui prend place à l'extérieur sur une sorte de terrasse où l'on voit, à gauche, sitôt passé le seuil, une fillette assise, tournée vers la droite, habillée d'un sarrau blanc et coiffée d'un chapeau de paille jaune. Non loin d'elle, et formant groupe avec cette première figure, un jeune enfant silhouetté en grisaille.

A droite, un objet est à terre et au fond, du même côté, un fauteuil de jardin où est assise une petite figure vêtue de clair. A l'horizon, dans une perspective infinie et sous un ciel que dramatise l'orage, des vergers, des terres de labour, des pommiers en fleurs, la note azurée d'une rivière, des champs encore et un lointain bleui.

Signé à droite en bas : E. Vuillard.

|Pastel. — Haut., 66 cent.; larg., 50 cent.